August Stöber

Johann Gottfried Röderer von Strassburg und seine Freunde

August Stöber

Johann Gottfried Röderer von Strassburg und seine Freunde

ISBN/EAN: 9783743371972

Hergestellt in Europa, USA, Kanada, Australien, Japan

Cover: Foto ©Andreas Hilbeck / pixelio.de

Manufactured and distributed by brebook publishing software (www.brebook.com)

August Stöber

Johann Gottfried Röderer von Strassburg und seine Freunde

Johann Gottfried Röderer,
von Straßburg
und seine Freunde.

Nachtrag
von Briefen an Röberer und Lenz:
von Lavater, Schlosser, Blessig,
Pfenninger und Wieland,
nebst bisher ungedruckten Aufsätzen
von Lenz.

(Für die Besitzer der Alsatia vom J. 1873.)

Colmar,
Im Verlag von E. Barth, Buchhändler.
1874.

Vorwort.

Seit dem Erscheinen der Alsatia für 1873, sind dem Herausgeber neue Mittheilungen aus J. G. Röberer's Nachlaß übermittelt worden, die er hier den Besitzern jener vaterländischen Schrift nachträglich liefert.

Die Biographie Röberer's nebst den Briefen, vervollständigt zwei frühere Büchlein des Verfassers, nemlich: Der Dichter Lenz und Friederike von Sessenheim, und Aktuar Salzmann, Goethe's Freund und Tischgenosse. Sie führt uns in dieselben Kreise, die für die Kenntniß der gesellschaftlichen und literarischen Verhältnisse Straßburgs, am Ende des vorigen und am Beginn des jetzigen Jahrhunderts von unbestreitbarem Interesse sind.

Die beiden eben angeführten Schriften wurden großentheils aus Salzmanns Nachlasse geschöpft, der, in einer grauen Pappschachtel verwahrt, von Moriz Engelhardt, einem Verwandten der Familie, und Klauholb, deren Anwalt, in der Stadtbibliothek von Straßburg niedergelegt worden war. Was seitdem daraus geworden, ist leider allzubekannt.

Der Inhalt jener Schachtel, so wie mir ihn mein lieber sel. Freund Ludwig Schneegans, in einem Briefe vom 27. Juli 1847, vollständig angegeben hat, war folgender:

I. **Briefe.** 1. **Fascikel.** 12 Briefe von Goethe an den Aktuar Salzmann.¹
1 Brief der Frau Rath an Salzmann.²
1 Brief von Goethe an den Lieutenant Demars in Neu-Breisach.³
1 Brief von Lenz an Salzmann, mit einem komischen Gedichte: Pyramus und Thisbe.⁴
2. **Fascikel.** 6 Briefe von J. Meyer, Dr. med. in Wien (Verf. des Aveugle de Palmyre) an Salzmann.⁵
3. **Fascikel.** 12 Briefe von Verschiedenen an Salzmann: 4 von Ott; 3 von D. F. Müller, dem Naturforscher; 1 von Jer. Wolbeke; 1 von Brauns; ohne Unterschrift; 2 von J. D. Schmid, Salzmann's Neffen.⁶
4. **Fascikel.** 18 Briefe von Lenz an Salzmann.⁷

II. **Abhandlungen,** moralisch=philosophisch=theologische, von Salzmann, in der von ihm präsidirten literarischen Gesellschaft vorgelesen. Davon sind, durch Goethe's Vermittelung, 1776 zu Frankfurt a. M. im Druck erschienen:
 1. Ueber die Wirkungen der Gnade.
 2. Ueber die Liebe.
 3. Ueber die Rache.

---

¹ Abgedruckt im Morgenblatt 1838, Nummer 26—28; 34 und 38 mit einer Einleitung von Moriz Engelhardt; — in der Alsatia 1853; — in J. Leyser's Schrift: Goethe zu Straßburg.
² S. Stöber, Alsatia 1853. ³ Ebendas. ⁴ Ebendas. ⁵ Ebendas.
⁶ Ebendas. und in der Schrift: Der Dichter Lenz und Friederike von Sesenheim. ⁷ Ebendas.

4. Ueber Tugend und Laster.
5. Ueber Gemüthsbewegungen, Neigungen und Leidenschaften.
6. Ueber Religion.

Ungedruckt waren folgende drei Abhandlungen:
1. Ueber die Gerechtigkeit.
2. Ueber die gesellschaftliche oder allgemeine Glückseligkeit.
3. Ueber die Ehe.

III. **Goethe's Iphigenie,** in Prosa.[1]
IV. **Goethe's lateinische Dissertation:** Positiones Juris quas Auspice Deo etc. pro licentia summos in utroque Jure honores rite consequendi in alma Argentinensi die VI. Augusti MDCCLXXI. publice defendet Joannes Wolfgang Goethe, Moeno-Francfurtensis. Argentorati ex officina J. H. Heitzii, Universit. typographi.[2]
V. **Das Manuskript des Nekrologs Salzmann's, von Moriz Engelhardt.**[3]

Mülhausen, den 9. Juli 1874.

Der Herausgeber.

---

[1] In den letzten Ausgaben von Cotta abgedruckt.
[2] Abgedruckt bei Leyser, a. a. O. S. 268—271.
[3] Morgenblatt, August 1812.

Inhaltsverzeichniß.

	Seite.
Vorwort	V

I. Nachtrag zu den Briefen von Lavater, Schlosser und Blessig an Röderer.
    1. Brief von J. K. Lavater . 1
    2. Brief von J. G. Schlosser . 4
    3. Drei Briefe von J. L. Blessig 5

II. Briefe an J. M. R. Lenz von Pfenninger, Schlosser und Wieland.
    1. Brief von Pfenninger . . . 11
    2. Briefe von Schlosser . . . 16
    3. Brief von Wieland . . . 20

III. Brief des Kommerzienraths Vogel an den Herausgeber 22

IV. Kleinere Aufzeichnungen von Lenz 1—4 . 25

V. Ueber: Entwurf eines Briefes an einen Freund, der auf Academien Theologie studirt, von Lenz 28

VI. Versuch über das erste Prinzipium der Moral, von Lenz 33

I. Nachtrag zu den Briefen von Lavater, Schlosser und Blessig an Röderer.

1. Brief von J. C. Lavater.

Die Adresse ist „An Herrn Röderer." Candidat, bey der neuen Kirche in Straßburg"; der Brief ist aber zugleich an Lenz gerichtet und muß zwischen den 4. und 5., Alsatia S. 81, eingereiht werden. — S. 94, Brief 14. ist statt Mödling Mödling zu lesen. Vgl. Düntzer's Freundesbilder aus Göthe's Leben, S. 45.

Morgen also, Sonntags den 12. und nicht Montags verreis ich auf Basel — bin ich nicht wenn ihr kommt, Brüder, bey den 3. Königen, so bin ich bey Hrn. Wilhelm Brenner bey der St. Clara in Basel. Ihr seyd das Ziel meines Verlangens — Ihr — meine künftigen baldigen Mitarbeiter — Kommt sobald ihr könnt, trefft ihr mich nicht mehr in Basel an, weil ich Euch entgegen eile, so ist's auf dem Wege, daß ich Euch treffe — am Staub Eures Wagens werd ich Euch kennen und das Schnauben Eurer Rosse wird auch nicht täuschen. — Am Montag Mittag bin ich q. g. in Basel — also verlirt keine Zeit, wenn ihr mich sehen wollt. Lebet und liebet

Z. den 11. Jun. 74.

Lavater.

2. Brief von J. G. Schloſſer.

Adreſſe: „An Herrn Mag. Röderer. Im Wilhelm=Collegio abzu=
geben, Straßburg." Dieſer Brief kommt zwiſchen den 5. und 6. Al=
ſatia S. 63 zu ſtehn. Die zu Ende des Briefes 5, in Klammern einge=
ſchloſſenen Worte kamen irrthümlich dort hin und müſſen geſtrichen werden.
Der 6. Brief fällt in den Anfang November.

E. den 28. October 77.

Ich ſeh's wohl, lieber Röderer, die Mucker ſind mir über=
all zur Quaal gemacht. Dein[1]) Lorenz würde ſehr übel daran
ſeyn, wenn ihm Alles geſchehe, was ich ihm wünſche. Schreib
mir obs nicht möglich iſt durch die Oberkirchenpfleger die al=
ten Monate zu gewinnen (?). Der Kirchenrath Sanber der
ſie perſönlich kennt, will mir helfen. Acht Tage! Der Schurke
hat wohl nie gefühlt, was ein ehrlicher Mann dem andern
ſein kan, nie was ein einſammes gedrücktes Herz leidet! —

Es geh aber wies will, ſo hängt nun der Tag beiner
Reiſe von Dir ab. Ich gehe nicht nach Offenburg aber
meine Kutſche ſchick ich Dir. — Nichts alſo ein wie du willſt,
nur ſchreib mir wenn mein Gefärte in Offenburg ſeyn ſoll.
Bring doch, wen Dirs nicht zu läſtig iſt, 2 gemeine Käfige
und 2 Vögel bie ſingen mit, Canarien oder andere. Ich er=
ſeze Dir die Auslage, ich will meinen Mädchen eine Freude
machen. — Leb wohl, und ſchreib balb, daß du balb kommſt.
Vergiß die ſchwarzen Bleyſtift nicht.

Schloſſer.

Für des Stut. Ode an K. dank ich; ich habs verſtanden,
— aber, guter Gott, was für ein Zwiſchenraum zwiſchen hier
und dort! wie langſam, wie ſelten die Communication hier!
— ach, wer über die Brücke wär!

---

[1]) In allen übrigen Briefen Schloſſer's an R. wird dieſer mit „Sie"
angeredet.

3. Drei Briefe von J. L. Blessig,

von frühern Daten als die in der Alsatia Seite 146—149 mitgetheilten.

1.

(Nach Göttingen).   Strasburg, den 9. Dec. 1776.

Ihr Briefchen, Mein liebster Freund und College, hat mir eine wahre innige Freude gemacht. Sie schreiben eben so wahr, als Sie wahr zeichnen; und diß ist doch immer die einzige gute Manier. Wißen Sie was, wir wollen sie immer beybehalten! Diß wird uns selbst behaglich seyn, und vielleicht auch wohlthätig für unser Kloster, in dem, wie mir deucht, wenige sich kennen und würklich lieben; eine gewiße Stachel= sucht scheint so die Hauptwürze der Gespräche am ersten, und andern Tische zu seyn; doch es ist vielleicht nur Mißverstand, der gehoben wird, so bald man darauf aufmerksam macht. Ich werde in vierzehn Tagen einziehen, und wünsche Sie hier von ganzem Herzen; aber alles wohl überlegt, darf ich Ihnen als Freund Ihr Göttingisches Leben nicht misgönnen.

Schreiben Sie in aller Eil an die Herren Inspectores stipendiorum nostrorum; ich habe auch schon mit denselben wegen Ihnen gesprochen, und wollen Sie, daß ich einen Brief zu H. Ammeister Frank oder H. Pr. Spielmann. oder wohin Sie wollen, tragen soll, schicken Sie mir ihn nur. Man hat anfänglich Mühe, besonders zu Winters Zeit, sich in Ansehung des leiblichen an Göttingen zu gewöhnen; aber das geistige ist so gut daselbst, so herrliche, in allem Verstand herrliche Männer — Feder, Meiners, auch denke ich hauptsächlich hiebey — daß man wieder eben so viele Mühe hat, sich zu entwöhnen. Ich denke, es wird Sie nun gar nicht reuen, daß Sie zuerst nach Göttingen[1]) gegangen sind. Ich habe ungefehr

---

[1]) Ueber Blessigs Aufenthalt in Göttingen s. dessen Leben von L. M· Fritz Bd. I, S. 66 u. f.

die nämlichen Collegia gehöret, die Sie nun auch besuchen; doch hätte ich gewünscht, daß Sie bei Feber, und Meiners hätten hören können. Allenfalls bin ich gewiß, daß Sie so oft dieselben besuchen werden, als Ihnen möglich ist, nebst Freund und Bruder Emmerich, der mir mit Ihnen tausendmal vorschwebt, und den ich herzlich zu umarmen bitte. Sind Sie noch nie mit einander in Gerstingerröber Feld gewesen Dis war mein gewöhnlicher Lustwandelweg alle Sonnabende mit den eben genannten liebenswürdigen Herren! Wir versammelten uns gewöhnlich in Hrn. M. Röberers Zimmer, das, wo ich nicht irre, vorhin H. Dohm bewohnt hat. Empfehlen Sie mich dem freundschaftlichen Andenken der Mdme. und Mdlle. Bamberger, und des Hrn. D. Weiß. Manch schönes Weib singt hier seine Arien. Bey Gelegenheit von Singen mus ich Ihnen sagen, daß das Concert auf der Möhrin so vortrefflich seye, als möglich, und daß unter andern Mdlle. Fibich neulich mit lautem allgemeinem bewundernden Beyfall gesungen haben.

Ich habe ein Blatt beygelegt, welches ich, nebst meinen Empfehlen, dem H. M. Dietrichs zu überreichen bitte; es ist von H. Stephan, Freyprediger, und Lehrer an dem Gymnasio zu Buchsweiler. Hier komt auch der Brief von Herrn Hofrath Schloßer, sehr spät; durch meine, und durch anderer Schuld, verzeihen Sie es uns. H. Dietrichs bitten Sie noch um zwey Exemplare seines Clavis für eben den Herren Stephan.

Ich hätte Ihnen noch eine ganze Menge Sachen zu sagen, sowie auch Herren Emmerich. Ich will es nächstens thun. Jetzt mus ich predigen. Empfehlen Sie mich den Herren Feber, Meiners, Leß, Diez, Walch, Heyne, Strohmeyer, Erzleben, und nehmen Sie, liebste, theuerste Freunde, meine besten Wünsche an.

Ganz Ihr Bleffig.

2.

(Nach Detmolb.) Strasburg, den 7. Nov. 1778.

Lentum nomen sum. — Liebster Freund! — Ich muß mit Beschämung so meinen Brief anheben. Freylich sind auch wohl mancherley Geschäften, und Freuden, und Leiden Ursach an meiner Zögerung; aber ich hätte doch auf Ihren Brief eher antworten sollen. Daß Sie mir schreiben würden, war mir nicht unerwartet; ich kenne Ihr Herz; aber, daß Sie mir so frohe, so entzückende Nachrichten geben würden, das war mir, ich gestehe es, eben so unerwartet, als unaussprechlich angenehm. Ich hatte nicht das Herz, es ganz zu hoffen. Ich trug mich, wegen Ihnen, mit tausend bangen Gedanken. Gottlob! der Nebel ist glücklich zerstreut, und die schönste Sonne scheint nun für Sie; auch mein Herz wärmt sich daran, und sehnt sich immer nach Bestätigung, und Erhöhung Ihres Wolstandes. Röderer und Fries! Wie wallt mein Herz euch entgegen, euch meinen alten Cameraden unter St. Wilhelms Fahne! Wie schmerzte es mich, da ich euch entbehren mußte. Nun finde ich, in dem Andenken an eueren Wohlstand einige Schabloshaltung, und in eurer Zufriedenheit die meine. Sie sind also gütig von dem Fürst, und besonders der Fürstin aufgenommen worden; dis ist wohl die glücklichste Vorbedeutung für die Zukunft. Ich hoffe, daß Sie sich auch in der Gunst erhalten werden, gerade deswegen, weil Sie derselben ohne Eitelkeit genießen, weil Ihre Ruhe nicht davon abhängt, und weil Sie immer Ihren stillen Weg im Würcken, und Gutes thun fortwandeln werden. Ich möchte so manchmal bey Ihnen in Ihrer Bibliothek seyn, und dann bey schönem Himmel in dem Schloß=Garten lustwandeln, und das auch im Winter; denn die Natur ist immer schön. Was die Hofmeister= stelle anlangt, da habe ich Ihnen einen Vorschlag zu thun. H. M. Müller grüßt Sie, aber kan nicht weg, und mit Er= laubniß, Sie sollen uns nicht alle gute Leute wegkapern

Sie kennen den Lt. Graf, und Hrn. Baumgartner; Sie wißen beyder Stärke und Schwäche. Tüchtig sind sie wohl beyde. Hr. Baumgartner wird selbst an Sie geschrieben und Ihnen seine würklich betrübten Umstände erklärt haben. Er möchte gern einige Jahre hofmeistern, sich ein bischen Geld sparen und dann wieder die Medicin anfangen. Er ist noch jung; er ist fähig. Können Sie mit gutem Gewissen etwas für ihn thun, so wünsche ich wohl, daß er von den Grenzen der Verzweiflung könnte zurückgebracht werden. Auch Herr Lit. Graf ist in der Klemme. Vielleicht eine andere Stelle, die Sie etwa erfahren, könnte auch ihm helfen, und ihn seiner ohnehin armen Schwester vom Hals bringen. Westphalen kennt er wohl; er war schon vor mehrern Jahren Hofmeister in selbiger Gegend. Ich erwarte also baldige, bestimmte Antwort.

Im Kloster ist alles ganz still. Hr. Vierling heurathet in acht Tagen — nicht Jgfr. Berz, sondern Gambs von Weissenburg. Ihre Stelle, sowie Hrn. Friesens seine, wird nach ausgehaltenem Viertel Jahr, im December ersezt. Wenn Sie den Herren Pflegern noch nicht geschrieben haben, so bitte ich es in diesem Monat zu thun. Meine Professur und Reise ist noch nicht ausgemacht. Lenta nomina sunt. Empfehlen Sie mich dem Hrn. D. Stosch. Die Ihrigen sind alle wohl; erst gestern sprach ich unsere liebwertheste Frau Gevatterin unter der Erbslaub; und da sind Sie dann füglich nicht verschont worden. Morgen ist Ihr Namenstag; da wollen wir mit Fröreisenischem auf Ihre Gesundheit trinken. Das Wasser hat großen Schaden angerichtet. Der junge Herr Stuber hat die Theologie mit einem Mädchen vertauscht; er bauert mich. Hr. D. Lobstein von Giessen hat verwichenen Sonntag die Abend Predigt in der Thomaskirche gehalten; recht plan, und erbaulich.

Leben Sie wohl, glücklich, vergnügt, und lieben Sie immer

Ihren Blessig.

3.

(Nach Detmold). Strasburg, den 30. April 1779.

Mein edler, lieber Freund!

Ich wolte vor zwey Monaten schon nach Paris reisen; ein hitziges Fieber hinderte mich. Gottlob, ich bin wieder genesen. So will ich benn jetzt nach Paris gehen,[1]) aber nur für kurze Zeit. Da kommen wir benn ziemlich weit von einander weg; doch Empfindung, Wunsch und Gebet kennen die Grenzen nicht, welche die Erden-Beherrscher gesetzt haben. Ich lege Ihnen hier eine Ankündigung bey von M. de Bellefontaine, einem würdigen,[2]) und in traurigen Umständen sich befindenden Franz. Hauptmann, der sich schon lange mit gutem Erfolg mit der Erziehung beschäftiget. Ob bis etwa dem Herren von Weiler anständig seyn könnte? Ich solte benken, besonders wegen seiner künftigen Bestimmung. Halten Sie es meiner Krankheit zu gut, daß ich so spät antworte... Danke Ihnen auch recht sehr für Ihr Programma; ich hätte Sie auch ohne Ihren Namen darin erkannt. Ich weis, Sie erlauben es mir, Ihnen meine Meinung frey zu sagen: Ihre Bemerkungen sind richtig und treffend; so urtheilt hier Jedermann davon; aber solte die Einkleidung, die Sie beliebt haben, gerade die angenehmste seyn für die Person dessen, der an der Spitze eines Gymnasiums, im Namen aller übrigen Lehrer, im Angesichte seines Fürsten, und des ganzen Landes spricht! Wird nicht mancher dabey die Nase rümpfen, der diesen Schaubismus und die Humoristerey nicht fühlet, und nicht verdauen kan. Dis sagte mir unter andern auch Hr. Prof. Oberlin, der sich

---

[1]) Er kam daselbst den 13. Mai an.
[2]) In seinem Verhältniß zu Pfeffel und dessen Institut, zeigte er später daß er dieß nicht war, da er sich vielmehr als einen höchst unwürdigen Intriganten und Verleumder erwies.

Ihnen bestens empfiehlt, der sich wundert, daß gar kein lateinischer Declamator aufgetreten, und der sich von Ihnen Brüggemayers Vertheidigung seiner platdeutschen Sprache, platdeutsch, gegen Vertauschung anderer Schriften, ausbittet. Vielleicht beliebt es Ihnen, bey Gelegenheit eine Abhandlung über die platdeutsche Sprache und Litteratur herauszugeben. Mich freut es in der Seele, daß Sie so vergnügt, so zufrieden sind. Bleib, wie Du bist — bis sage ich lieber, als: bleib, wo Du bist. In acht Tagen vielleicht werde ich das Kloster räumen; es bleibt mir der angenehmste und bitterste Zeitraum meines Lebens. Sie wißen, warum? Unsere Freunde sind munter und gesund.

Meine Disputation werden Sie erhalten haben: sie ist in schröcklicher Eile gemacht worden. Unsere Erziehungsanstalt im Waysenhause ist den 22. April, unter einem unglaublichen Zulaufe von Menschen, auf das feyerlichste eingeweyhet worden. Sie sollen den ganzen Verlauf davon bald gedruckt erhalten, ein ganz kleiner Abtrag von der Schuld, in die Sie uns durch Ihre Uebersetzung gesetzt haben. Die Grabschrift auf ihre Fürstinn ist vortreflich. Wir haben sie sämmtlich mehrere Male mit innigem Vergnügen gelesen. Vale et me ama. Blessig.

II. Briefe an J. M. R. Lenz von Pfenninger, Schlosser und Wieland.

1. (Adresse: Herrn Lenz durch Herrn Candid. Röderer; neben der Neu Kirch in Straßburg.)

Zürich, Mittw. den 31. Augstm. 1774.

Ich habe Deinen Brief vom 12. Aug. den ich so gern weitläufig beantwortete; meine Umstände wollen's nicht und ich muß mit Ernst nach einer laconischen Kürze ringen, sonst muß ich mir manche dergleichen Freuden, wie z. B. Briefe an Dich, versagen.

Von meinen Vorlesungen nichts mehr; sie sind gewiß nützlich: aber ich sollte mehr wißen, vor (für) mich und das Publikum, denn mundus vult decipi. O hätt' ich Gelehrsamkeit genug, um mit mehr Ansehn zu zeigen, daß man ohne Gelehrsamkeit — Philosoph — Christ — Kenner des Geistes der göttlichen Offenbarung — glückselig seyn kann. —

Raisonnir mir, mein Liebster, über den Menschen so viel Du willst; nur vergiß künftig nie: daß, wenn der Mensch, das Menschengeschlecht — allenfalls in einem Zustande des Verfalls, der Krankheit ist, und aus diesem Gesichtspunkte angesehn werden muß, — daß dieß alsdann — für manches Urtheil vom Menschen gewaltigen Einfluß hat. So, wenn der Mensch krank ist, so darf man ihm Diätregeln vorschreiben, über die er sich nicht als eine grausame Einschränkung seiner Freyheit zu beschweren hätte. Nimm, Lieber! den Begriff der menschlichen Freyheit aus dem Reich des Idealen herunter ins Reich unserer schlecht und rechten Wirklichkeiten! so wirst Du finden: Ohne Befehle und Verbote kannst du kein Kind auferziehen;

alſo Einſchränkung der Freyheit. Es werde nur Liebe und
Zutrauen zum Vater zum Grundtrieb gemacht. Wär' nun Ana=
logie zwiſchen Vater und Kind, und Gott und Menſchen (und
ich glaube es iſt größer als man denkt) ſo muß geboten und
verboten ſeyn; nur liege auch da Liebe und Zutrauen zum
Grund, ſonſt iſt's Sclaverey (und doch auch ſo wäre nur noch
die wenigſte, erträglichſte und unumgänglichſte Sclaverey) wo=
von die Schuld nur einſeitig iſt.

Aber freylich hat Gott nicht ſo eingeſchränkt, als der Eremit
und die Nonne es wähnen; darüber, Liebſter, ſind wir ganz
einig.

Weinen mögt ich mit Dir, wie die Mönchstugend tauſend
gute Samen in der Menſchennatur erſtickt. Ich irrte ehedem
hierin auch ſehr. Gott zog zurück. — „Chriſtus hat nichts
ausrotten wollen, was Kraft und Anlage im Menſchen iſt!"
Goldene — beſtäubte, verkannte Wahrheit! Aber, Liebſter! wie
manches Scrüpelchen, das Dir vielleicht doch mehr als recht iſt,
im Wege ſteht, müßt wegfallen, wenn wir uns nur einige Zeit
ſähen . . . .

Donnerſtag Morgen um 7 Uhr.

So eben empfang ich deinen Brief an mich und Paſſavant,
und Clavigo.

Bin ich nicht ein gerechter Menſch, daß ich Clavigo liegen
laſſe und erſt gehe den Brief an Dich zu vollenden?

Noch eins auf den vorlezten. Man hat's in unſern Tagen
beſonders ſehr ſchwierig machen (wollen), wie Jeſus — und
daß es nicht buchſtäblich zu verſtehen ſey, und iſt die Sache
ſo ſimpel! — ſo ſchlecht und recht, ſo buchſtäblich wie möglich,
nur ohne Eulenſpiegel=Chicane, alles in der Bahn des gemei=
nen bon sens — wie Kinder einen Vater verſtehen. (Ausge=
nommen was ſeiner Natur nach räthſelhaft ſeyn mußte, pro=
phetiſch und was er genirt war herauszuſagen).

Z. B., wenn ich Dir sagte "ich hab' Deinen Hofmeister neulich gelesen — ich rathe Dir, schreib nichts mehr!" (was ich aber weder in der gegenwärtigen, noch zukünftigen Welt nie zu Dir sagen werde).

Nun sieh, wie simpel, buchstäblich das zu verstehen wär. Wie gefiel uns nur folgendes Raisonnement (der neumodischen Theologen) darüber: "das könne unmöglich im eigentlichsten Wortverstande genommen werden, daß Du keine Feder mehr anrühren, keinen Brief u. s. w. schreiben dörfest u. s. w. also, weil's nicht buchstäblich zu verstehen sey, so werde es sagen wollen, Du sollst eben keine Folianten mehr in Druck geben; bisweilen ein Drama habe just nichts zu sagen, es sey ja nicht buchstäblich zu verstehen — das nichts"

Lavater ist höchst vergnügt von seiner Reise[1] zurückgekommen, hatte herrliche Seelen angetroffen — Engelseelen in weiblicher[2] und männlicher Gestalt — die Dich, Bruder, mit der Welt aussöhnen würden. Aber des Wiedersehens Wonne, o mein Lenz! — Hätteft auch einen Lavater, von dem Du Dich 10 Wochen trennen könnteft, und ihn wiedersehen! — Sonst hast Du Lavater, so sehr Du ihn haben kannst. Er spricht mit Enthusiasmus von Lenzen. Und wir werden uns alle noch recht nahe kommen.

Studierst Theologie? predigest? bist ordinirt? Sag mir was hievon. Schick mir auch Deine und Röberers Silhouetten. Grüß mir ihn brüderlichst. Passavant wird selbst schreiben.

Wie verstehst Du das "Was Gott an Göthe gethan" —? Doch versteh ich's vielleicht, wenn ich Clavigo gelesen habe.

Verzeih mein Sudeln. Mein Kopf und Herz und Hand sudeln bisweilen.

Siehst meine offenen Arme? Komm ich drücke Deine Brust

---

[1] Badereise nach Ems und Umgegend s. oben S. 81
[2] Unter anderm: Fräulein von Klettenburg, s. Bodemann S. 572.

an meine, und küsse Dich! Kannst beten, so bitt auch für mich.
Deine Schriften erwart' ich mit Verlangen. Es ist kein Zür=
cher so verliebt darein, wie ich.

Conr. Pfenninger.

2. Schlosser an Lenz.

Ich schreibe Dir, lieber Lenz, dießmahl in einer wunderlichen
Verfassung. Ich habe da ein anderthalb Hundert Bürger um
mich, deren Wohlfart ich besorgen soll, und die doch selten
selbst wissen was ihre Wohlfart ist — doch wer weis es?
warlich, lieber Freund, es ist sehr schwehr, es ist fast unmög=
lich in der Welt Leute glücklich zu machen, die so in tausend
und tausend Verhältnisse verwickelt sind, so in und ausser sich
immer zu kämpfen haben, daß sie alle 2 Schritte anstoßen.
Auch ist wirklich das Gebäude von menschlicher Mühseligkeit
so zusammengesetzt, daß an dieser bäbalischen Maschine alle
Augenblicke etwas fehlen muß.

Doch in der That, mein Lieber, wenn ich mir recht auf den
Puls fühle, so ist der gröste Defect an Glückseligkeit meiner
und ich glaube auch wohl aller Menschen, negativ. Es ist nicht
so viel Schmerz und Leiden, als vielmehr Oede an herzrüh=
renden herzfühlenden Freuden, das uns drückt. Daher
kommt das Gähnen — die gröste Quaal des Lebens, das Ja=
gen nach falscher Glückseligkeit oder Freude, das Haschen nach
Ehre, der Durst der Eitelkeit, das Koketiren des Mädchens, des
Dichters, des Autors, und die tausend Schmetterlinge nach de=
nen wir immer greifen, und die uns nie genügen, wenn wir
sie haben.

Und woher dünkt Dich kommt das? Meinst Du daß es

an Armut der Welt, oder glaubst Du daß es an Schlaffheit der Mode liegt? Sterben wir aus inedia oder ex fame? Mich dünkt es fehlt mehr an uns als an der Welt. Die Freuden der Liebe, der Freundschaft, des ächten Wohlthuns, des Lebens mit Gott, die Freude des Künstlers an Ton, an Farbe, an Gestalt, sollte uns das nicht überzeugen daß die Welt reich genug ist und daß nur wir zu schwache Magen haben. — Und ist's nicht blos die Erziehung die uns diese geschwächt hat?

Ich bin nun einmal in der Meinung, daß kein Philister gebohren wird. In allen sind einige Nerven vorzüglich gespannt, die durch die Erziehung so vest und sicher gestimmt werden können, daß die seelige Vibration nie fehlen kann, wir mögen uns in der Welt hinwenden wohin wir wollen.

Leb wohl! Der Augenblick, den ich während des Schreibens des Actuarii erwischte, ist vorbey! — Ich küsse Dich herzlich!

Du schreibst mir nichts von den Büchern die ich verlangte: Herodot, Diod. Sic. und Plutarch. Kanst Du sie nicht haben — Lindau ist ein Stockfisch. Ich habe ihm keinen Auftrag gegeben. Er soll sich besser erklären. Adieu.

Schlosser.

Auf dem Emmendinger Rathhaus,
den 13 Jänner 1776, Abends 7 Uhr.

3. Schlosser an Lenz.

(Ohne Datum[1]; aus Emmendingen).

Mein lieber Lenz,

Ich schreib Dir aus dem Bette, wo ich den zweiten Fieberparoxysmus erwarte. Kaum war Lindau weg, so gieng ich nach Jhringen[2]; schon seit deiner Ankunft lag das Fieber in mir. Durch die Bewegung brachs aus, das wollt ich! . . . .[3] In der Nachtinsomnie hab ich Verse gemacht. Hier hast Du sie, wenn sie Dir gefallen, so laß sie in einen Almanach wandern; gefallen sie Dir nicht, so schenk sie sans façon dem Herrn Kamm[4] . . . .

Ueber Werthers Leiden
an seine Widerleger, Berichtiger, Vertheidiger
und Recensirer.

Ist's Bild; so hats Urania gemahlt;
Lebt er, so streute sie des Jünglings Grab mit Rosen. —
Trübt nicht den Glanz der Himmlischen, der Großen,
Ihr wüßt (wißt) wie selten sie uns strahlt.

---

[1] Unter Schlosser's Briefen an Röderer vom Jahr 1776; — der Brief ist zu Anfang des Jahres geschrieben, jedenfalls vor, oder in den ersten Tagen des Monats März.
[2] Doif am Kaiserstuhl.
[3] Es folgt ein längerer Bericht über den Verlauf der Krankheit.
[4] Verfasser des „Galimatischen Allerley's," Straßb. 1776—8. Haffner (im Katalog seiner Bibliothek, Bd. I, S. 302) sagt sehr humoristisch von ihm: Ein guter Mahler, ein schlechter Dichter, ein täglicher Tischgenoße des Hrn. Dietrich, dessen Wald und Schmiede er niemals müde in seinen Versen beleiert hat.

Die Journalisten.

Da sitzen sie und sprechen
Wie Stimm der Nation,
Um den Geschmack zu rächen
Stürzt niemand sie vom Trohn?

Wie Püter decidiret
Und Götz andächtig flucht,
Und Kästner calculiret
Und Haller Kräuter sucht.

Das möchtet ihr durchsichten
Und messen Tag und Nacht;
Hier darf der Kaltsinn richten,
Der Kaltsinn hat's gemacht.

Wenn Gott den Dichter wärmet,
Wenn seine Seele glüht,
Da fragen: wo er schwärmet
Und wo er Wahrheit sieht;

Wie Schülern auf den Bänken
Dem deutschen Weib und Mann
Beschreiben was man denken
Und fühlen wird und kann,

Wohl gar die Gränz vormachen
Wie weit man fühlen soll,
Ist selbst in Aristarchen
Blasphemisch oder toll.

Wen Gott für künftge Welten
Zum Dichter eingeweiht,
Hör nicht ihr Lob und Schelten,
Seh nur die Ewigkeit.

Samstags.

Ich hab dem Doktor sehr Unrecht gethan!... Ich hoffe das Fieber ist zu allen Henkern. Ich aß gestern Abend schon wieder ein wenig; schlief ruhig und habe nun wirklich Hunger! — Meine kleinen Leiden werden durch die wieder täglich wachsende Gesundheit meiner besten Frau wieder doppelt vergolten, und auch an mir werden sies, denn ein Fieber, wenns fort ist, läst immer die beste Gesundheit nach sich. — Adieu, lieber Lenz, auf den Herbst also sehn wir Dich gesünder, fröhlicher, besser wieder. — Versags uns nicht! Wie sollst Dus? Da wirds eine wirklich seelige Familiengruppe werden.

... Hier ist auch die Uebersetzung der Sappho an Phaon, oder vielmehr die Nachahmung — der ganze Unterschied besteht aber nur (darin) daß das ein Bube zum Mädchen sagt, was man der Sappho zum Buben gesagt zu haben zuschreibt.

> Zevs der auf den Wolken färt
> Ist nicht seelger als wer hier,
> Holdes Mädchen, neben Dir,
> Deine süße Stimme hört
> Und Dein himmlisch Lächeln sieht
> Das mein schmelzend Herz durchglüht.

> Götter, als ich sie gesehn
> Stockte mir die Zung, die Ohren
> Klangen mir, von Sehn zu Sehn
> Rollten Flammen und ein Flohr
> Zog sich beyden Augen vor.

> Kalter Schweis des Todtes tropfte
> Von der Stirne, Schauer klopfte
> Mir im Busen, starr und bleich
> Wurden Mund und Wang zugleich,
> Und wie wenig fehlte mir,
> Ach! so starb ich neben ihr!

Wenn Du's billigst, so laß auch das in einen Almanach laufen, aber in keinen als Boyes. Ich mag mit den Hrn. Hölty und Consorten nichts zu thun haben. Die Kerls haben die Lehrjungen gespielt, und richten nun einen eignen shop auf; das ist mir nicht geniesbar.

Noch einmahl abieu; grüß die Jungfer Tringen vielmahl von uns beyden. Meine Frau wird ihr bald wieder schreiben — Als ich heut nach Mittag auf dem Bett lag, rauschten meine alten Ideen vom Selbstmord wieder vor mir vorbey. Ich schick sie Dir, mach mit was Du willst. Abieu.

Schlosser.

4. Wieland an Lenz.

(Ohne Orts- noch Datums-Anzeige; allein bestimmt aus Weimar und im September oder October 1776 geschrieben.¹

Lieber Engel,² da hast Du die Offenbarung Seb. Mercier's³ — Deinem Vater⁴ — ach! lieber Lenz! — Mein Gedächtniß! Meine ewigen Zerstreuungen! — Ich hab ihm nicht geschrieben. — Es kam mir ganz aus dem Sinn. — Schreib Du ihm etliche Zeilen und schicke sie mir, mit seiner Adresse, ich will ein Brieflein von meiner Hand dazu legen, und so wirds am besten seyn.

---

¹ Lenz war Anfangs April 1776 nach Weimar gekommen und hatte den Sommer daselbst zugebracht: im September begleitete er Frau von Stein nach Kochberg, wo er sie im Englischen unterrichtete und namentlich Shakespeare mit ihr las; Anfangs November kehrte er mit ihr nach Weimar zurück, wo er am 26. November ein Pasquill auf die Herzogin Amalia machte und Weimar verlassen mußte. Vergleiche Goethe's Dicht. u. Wahrh. — Mein Lenzbüchlein S. 82 und 83.

² Wielands wohlwollende Natur hatte Lenzens frühere Angriffe auf ihn vergessen machen; seine Excentrizitäten rügt er jedoch vor und nach dieser Zeit mehrmals in seinen Briefen; so schreibt er am 10. Mai desselben Jahres an F. H. Jacobi: „Lenz ist noch hier; ein guter Junge; macht alle Tage regelmäßig seinen dummen Streich' und wundert sich dann darüber, wie eine Gans, wenn sie ein Ei gelegt hat." F. H. Jacobi's Auserlesener Briefwechsel, Th. I. S. 242. Ueber Lenzens Verhältniß zu Wieland, in jener Zeit als eines sehr freundlichen, s. einen Brief von ihm an Lavater bei Dorer-Egloff, S. 202.

³ Louis Sébastien Mercier (geb. zu Paris 1740, gest. 1814). Unter der „Offenbarung" ist seine 1771 erschienene Schrift l.'an 2440 gemeint; die Schicksale und den Zustand der Stadt Paris in jener zukünftigen Zeit schildernd.

⁴ General-Superintendent; Wieland sollte eine Versöhnung zwischen Vater und Sohn bewirken.

Herder ist ein Mann Gottes!¹

Kaufmann² ist ein ebler, großer, guter Mensch. Er hat das Ding im Merkur, das wir ihm zuschrieben, nicht gemacht, hat auch keinen Antheil bran.

Meine Frau, ich selbst und alle unsre Kinder bevollmächtigen Dich, Lieber, unsrer liebsten Frau von Stein das schönste was Du sagen kanst, in unserm Nahmen zu sagen. Wir lieben sie allesammt von Grund der Seele — auch wenn sie uns keine Biscuits geschickt hätte. Doch ist natürlich, daß die Biscuits nichts bran verderben.

Dein Brief an Bode³ soll bestellt werden. Komm doch bald wieder, und bleibe bey uns! denn es will Abend werden.

— Laß uns des Lebens genießen so lang es uns gegönnt ist. Ade. W.⁴

Ich weiß nicht, wieviel Merkure Dir fehlen. Komm und hohle sie selbst — und den Brief Deiner französischen Dame, die soviel Lerms um Nichts macht.

---

¹ Herder war den 2. Oktober 1776 in Weimar angekommen, wohin er als Konsistorialrath berufen worden war. Den 1. November desselben Jahres schreibt Wieland an Fr. H. Jacobi: „Von Herder wollte ich Dir gerne viel schreiben: denn meine ganze Seele ist voll von dem herrlichen Manne. Aber er ist mir zu groß, zu herrlich; ich kann nicht von ihm reden ..." Fr. H. Jacobi's Auserlesen. Briefw. Th. I, Seite 254.

² Christoph Kaufmann, (aus Winterthur, geb. 1753) ein Freund Lavaters, Lenzens u. A., ein Original, bald als Genie bald als Abenteurer von den Zeitgenossen geschildert. S. Gödeke's Grundriß z. Gesch. d. deutsch. Dichtung Th. I, S. 739. — Wieland schreibt im obenaufgezeigten Brief an Jacobi: „Mein Allerbester, dieser Tag, von dem ich Dir wenigstens eine Stunde bestimmt hatte, ist mir weggekommen, ich weiß selbst nicht wie — zwischen Herder und Kaufmann einem wunderbaren, aber edelen, guten und unbeweglich in seinem Centro ruhenden Menschen." Vgl. Hamann's Schriften Th. V, Seite 239—241.

³ Joh. Joach. Christoph Bode (1730—1793), hatte nach sehr bewegtem Leben in Hamburg eine Buchdruckerei und Verlagshandlung errichtet; Lenzens Brief an ihn bezog sich wahrscheinlich auf den Verlag einer Schrift, die Wieland patroniren sollte.

⁴ Die Schrift dieses Briefes, mit derjenigen eines von Wieland, mit dessen ganz ausgeschriebenem Namen unterzeichneten Briefe verglichen, ist durchaus dieselbe.

III. Brief des Kommerzienraths Vogel an den Herausgeber [1]

V. H.

Ich würde mich äusserst freuen, und geehrt fühlen, wenn ich Ihren Wunsch, Ihnen von dem Dichter Lenz viel Interessantes zu sagen genügend entsprechen könnte. Es sind aber, seit jener Zeit, so viele Jahre dahin gegangen und manche Piecen, die mich in Standt gesetzt hätten Ihnen mehr zu sagen, sind leyder entweder verlohren gegangen, oder unter vielen Papieren begraben!

Der Dichter Lenz war, als Schlosser hier Ober-Amtmann war, sehr oft hier; es war die intimste Freundschaft unter ihnen; öfters kamen auch Pfeffel und Jacobi hieher. Schlosser hatte das Unglück, seine erste geistvolle, liebenswürdige Gattin, Schwester Goethe's, an den Folgen ihrer Niederkunft zu verliehren; er war trostlos über diesen Verlust und um sich zu zerstreuen, reißte er nach einigen Wochen nach Colmar zu Pfeffel. Während dies geschah, kam Lenz hieher, und vernahm mit schmerzvollstem Erstaunen den Todt seiner Freundin. Diese Nachricht versetzte Lenz einige Tage in die tiefste Melancholie, die so überhand nahm, daß er in eine Art von Wahnsinn verfiel; er begieng in diesem Zustand die größten Tollheiten; so überfiel er den hiesigen Arzt, so die Schlosser behandelt hatte, und ein eben so geschickter, als rechtlicher und geachteter Mann war, den Physicus und Rath Dr. Wilius in seinem Hauß; er packte ihn an, machte ihm die auffallendsten Vorwürfe und würde ihn erdrosselt haben, wenn nicht seine Familie Nachbarn um Hülfe gerufen hätten. Lenz wurde äußerst bedauert und man trug alles dazu bey, besonders Schlosser bey seiner Zurückkunft, ihn zu beruhigen.

Lenz gieng, in Begleitung eines auf ihn Acht habenden

---

[1] S. Lenz und Friederike von Sessenheim S. 32.

Mannes gerade auf der Straſe ſpazieren, als Schloſſer hergefahren kam; dieſer rufte ihm entgegen: Lenz, Lenz, o Lenz, o willkomm, geliebter Lenz! Dieſer gieng aber vorüber, als ob er Schloſſer nie gekannt hätte; man kann ſich das Erſtaunen dieſes Mannes denken. Was bedeutet dies? fragte er den Begleiter und nun erfuhr Schloſſer von demſelben den ſchrecklichen Gemüthszuſtand ſeines Freundes. Lenz begriff doch endlich, daß Schloſſer vor ihm war; er wurde in den Wagen gehoben und fuhr ſo in die Stadt.

Lenz wurde nun in ein Zimmer unter Beobachtung eines hieſigen Bürgers eingeſchloſſen; in einer Stunde, da ſein Wächter etwas in der Küche holte, ſprang Lenz von dem mittleren Stockwerk in den Hof herunter, ohne ſich, zu aller Verwunderung, weh zu thun; er wollte noch einmal in das Hauß des Dr. Willius und machte noch einen Verſuch, denſelben zu mißhandeln. Der Kaufmann Mahler, der im nehmlichen Hauß wohnte, verhinderte auf das Rufen der Familie das drohende Unglück.

Welches eigentlich der Grund des übermäſigen Schmerzes war, von welchem Lenz, als er den Todt ſeiner Freundin vernahm, ergriffen wurde, weiß ich nicht. War es der höchſte Grad von Freundſchaft? oder war es Liebe? wäre es Liebe geweſen, ſo war ſie die reinſte Liebe, die aber doch zur Leidenſchaft erwachſen ſeyn konnte, ohne daß es die Schloſſer, eine der edelſten, ſittlichſten Frauen des Landes gewußt hatte. Für Schloſſer war dieſes Ereigniß ein drückender Kummer; noch ſchmerzlich ergriffen von dem Tobt ſeiner vielgeliebten Gattin, mußte er nicht nur den Umgang ſeines Buſenfreundes entbehren, er mußte ihn ſogar im Wahnſinn wieder finden.

Lenz reißte von hier ab; er wurde nach Strasburg gebracht. Wie es ihm aber von da an noch gieng, weiß ich nicht. Sie werden dies aber wohl erfahren können; er wurde der Behandlung eines geſchickten Arztes übergeben, ich meine er hieß Silbermann.

Hier unterbrochen, werde ich das Vergnügen haben Ihnen in einigen Tagen noch mehreres interresante mitzutheilen....

Emmendingen, den 6. Sept. 1831.

Vogel.

Es erfolgte keine weitere Mittheilung meines geehrten Korrespondenten; die Cholera näherte sich den Rheingegenden, und schon obiger Brief kam mir, nach Straßburg, in Essig getränkt, zu. Als ich im August 1864 in Emmendingen Erkundigungen über den Kommerzienrath Vogel einziehen wollte, zeigte man mir dessen Haus und sagte mir, er sei schon längst nicht mehr unter den Lebenden.

D. H.

IV. Kleinere Aufzeichnungen von J. M. R. Lenz.

(Aus J. G. Röderer's Nachlaß.)

1.

Die schönen Künste beschäftigen sich mit dem Gefühl, die schönen Wissenschaften vorzüglich aber mit der Empfindung. Gefühl ist die Bewegung meines Nervengebäudes von aussen, Empfindung ist der Zustand meiner Seele die von einer Vorstellung abhängt und von innen, daß ich so sagen mag, auf die Nerven wirkt. Beydes ist ein Bewußtsein meiner selbst, nur daß das erste dunkel, das andere aber anschauend ist. Empfindniß möchte ich den Zustand der Seele nennen, wo sie von einer abwesenden und ihr also fremden Vorstellung in Bewegung gesetzt wird. Die Empfindnisse müssen nothwendig schwächer seyn als die Empfindungen, aber die Empfindungen können durch jene gebildet und modifizirt werden. Indessen muß sich der wahre Dichter Empfindungen zu erwerben suchen, mit Empfindnissen kommt er nicht weit. Ein gebildetes Gefühl (durch Musik und Malerey z. E.) muß andere Vorstellungen, folglich auch andere Empfindungen geben als ein rohes, und daher sind oft Empfindnisse dem Dichter heilsam, weil diese oft auf dem Wege des Gefühls erworben waren. Weiß er sie aber nicht in Empfindung, in sein eigen Fleisch und Blut zu verwandeln, so bleibt er ewig nur ein Kritzler und Stümper, der Worte ohne Geist zu Markte trägt. Zu Empfindungen aber gehören Erfahrungen, Handlungen, Veränderung unseres Zustandes; zu Handlungen, Zweck und Entschlossenheit . . . .

2.

Die Meinungen eines Layen sind der Grundstein meiner ganzen Poesie, aller meiner Wahrheit, all meines Gefühls, der aber freilich nicht muß gesehen werden; mein Ohrküssen. Doch liegt bey Empfindungen allezeit die Stärke oder Schwäche, Freyheit oder Eingeschränktheit des Gefühls zum Grunde. Eine Seele ohne starken Trieb zum Laster ist nicht werth fromm und gut zu seyn. Ihre Güte ist Federlosigkeit, ihre Bescheidenheit Niederträchtigkeit, ihre Frömmigkeit Furcht vor den Folgen böser Handlungen auf sich, nicht auf andere. Ein Bösewicht ist allezeit von einer gewissen Consistenz und Grösse, ein Guter ist nichts, wenn er's nicht aus einem Bösewicht geworden ist. Dagegen ist die Grösse eines solchen Guten auch zur Grösse des Bösen, wie tausend zu zehn. Der ohnmächtig Gute ist zero.

3.

Ich muß nie vergessen mich bey all meiner romantischen Gutheit, als einen höchst billigen Kaufmann anzusehen, der seine Produktionen auf die feinste und menschenliebigste Art dem Vaterlande überläßt.

Welche Art ist treuherziger, edler, als daß ich sie meinen Freunden überlasse und sie nach Gutbefinden drüber schalten lasse, daß ich sogar davon wohlthue. Mich der Mittel berauben wohlzuthun, um Buchhändler mit meinem Blut zu bereichern, wäre die Großmuth eines Rasenden. Den ich muß leben und meinen Gläubigern gerecht werden, oder ich kann keinen Tritt mehr fürs Vaterland thun. Das wäre romantisch träumender auf Wunder rechnender Unsinn, nicht thätiger Glaube, der eben durch die Wahrheit thätig ist. Ich

---

S. Alsatia 1868—1872, S. 83, Note 1.

habe meinen Beruf ingeheim, er ist mir von den Edlen bestätigt, thu ich einen Schritt zurück oder verzage aus übertriebener Moralität, so bin ich dieses Berufs nicht werth. Dagegen muß ich mich getrost und herzhaft ganz hineinwerfen.

4.

Klinger — Hyperbolus: so lang er sich nicht bessert, wozu ich ihm alle hülfreiche Hand bieten will. Mich mit Flies auf keine andern Bedingungen einlassen, als daß er mir ausser Logis und Kost jährlich wenigstens 40 Dukaten ausmacht und am Ende mir ein Geschenk von 100 macht.[1]

Goethe war nie ein anderer Wohlthäter von mir, als von Seiten des Herzens und Geistes. Alle Hülfe die er mir anbot, hab ich nicht angenommen.

---

[1] Es war im J. 1775, wo sich Lenz in sehr bedrängten Umständen befand. „Da wurde dem Dichter als Rettung die Aussicht zu einer „Reise nach Italien. Er sollte den Sohn reicher jüdischer Eltern beglei„ten — des Berliner Münzjuden Ephraim — der den Namen Flies „angenommen. In einem Brief an Herder wird er geschildert, als ein „guter wachsweicher Mensch. Allein dieser ward durch Verhältnisse in „Straßburg gefesselt und die Reise verschob sich einstweilen auf ein Jahr." S. O. F. Gruppe: Reinhold Lenz, Leben und Werke, Berlin 1861, S. 38 und 89.

V. Ueber:
Entwurf eines Briefes an einen Freund, der auf Academieen Theologie studirt.

(Vorgelesen in der literarischen Gesellschaft zu Straßburg.)

Es ist Enunziation, über welche der Verfasser streitet. Bey den Menschen weiß der viel, der sich viel Vorstellungen erwirbt, die in Empfindung oder auch wohl nur in bloßes Gefühl übergehen, Begierden, Leidenschaften, oder wenn der Geist edler und stärker, Entschlüsse und Handlungen veranlassen, welche Handlungen oder Wirkungen seines Selbst, er mit den Wirkungen die sie auf die Receptivität und Wirkungskraft andrer haben, vergleicht, also in ihren Folgen übersieht und daraus Endschlüsse zieht, die freilich nur für den Kreiß von Wirkungen gelten, den ihm seine Erfahrung gezogen hat. Eine jedesmalige Erfahrung kann aber wieder ins unendliche mit andern eigenen und fremden Erfahrungen verglichen, und neue allgemeine Endschlüsse daraus gezogen werden, das giebt uns denn all unser Wissen in der Welt, unsere Vernunft. Das aber mit alledem wie Sie leicht einsehen werden, nicht unfehlbar seyn kann, da die Grenzsteine unserer Erfahrung und also auch der daraus entstandenen Vernunft nie dieselben bleiben, sondern in Ewigkeit fort immer verrückt werden, nur daß die Erweiterung derselben die vorigen engern Kreise immer mit in sich schließt, oder unter sich begreift, diese also deswegen durchaus nicht verloren sind. Jede kleine Erfahrung in der Welt sollte uns theurer seyn als Gold, sie mag nun in dem Augenblick für unser Gefühl angenehm oder unangenehm gewest (sic) seyn.

Weil nun ein Mensch von vieler großer alter Vernunft

das ineinander Greifen der vielen Ursachen und Wirkungen in der Welt viel anschauender erkennt als ein anderer, also in dem ganzen sichtbaren oder unsichtbaren Gange der Weltbegebenheiten grössere Flecke überschaut, mehr weiß — so haben wir, da wir gewohnt sind alles was edel und vortreflich in den Begriff der Gottheit überzutragen, diese erworbene menschliche Fertigkeit Gott im allerhöchsten Grad zugeeignet und ihm wunder wie viel damit zu geben geglaubt, ihm aber eigentlich damit noch viel zu wenig gegeben. Bey Gott ist keine successive Begriffensammlung, so wie Zeit und Succession bey unsern erleuchtetern Begriffen von ihm, gar nicht in ihm gedacht werden kann. Er überschaut alles gegenwärtig von Anfang zu Ende durch Ewigkeiten, mehr können und dürfen wir von ihm nicht sagen. Das hat vermutlich der Verfasser im Gesicht gehabt, als er die Wörtlein All in seinem Begriff von der Gottheit so mönchshaft so unschicklich fand, die ich aufrichtig zu sagen, noch viel zu eng, viel zu unzureichend finde, die Ausgebreitetheit und Klarheit in dem göttlichen Wissen zu bezeichnen. Auch wünschte ich eher, man würfe aus dem Wort allwissend, das wissen weg, wenn man mir nur ein ander Wort zum Ersatz zu geben wüßte. Wissen ist das Resultat verschiedener Handlungen der menschlichen Seele, bey Gott ists nur eine. Die Allburchschauung würde das ungefähr näher ausdrücken, was von dieser Eigenschaft Gottes unaussprechlich in meiner Seele liegt.

Aber wie bleibts nun mit der lieben Freiheit, die wir uns doch durchaus nicht wollen nehmen lassen? Wie, wenn Bayle recht hätte und unsre Freiheit in Verhältnis gegen Gott doch nur ein Hirngespinnst wäre? Wie ein kluger König von Engelland seine Freiheit wähnenden kühnsten edelsten Söhne der Natur dennoch mit mehr Zuverlässigkeit zu beherrschen weiß, als der eiserne Despote.

Ist der Mensch frei? Das ist noch kein so ausgemachtes, keines Beweises bedürftiges Axiom als der Verf. zu glauben scheint. Die moralische Freiheit gestehen wir ihm herzlich gern zu, aber die metaphysische gewiß nicht.

Metaphysische Freiheit wäre, wenn ein endliches, oder geschaffenes Wesen außer den ewigen und nothwendigen Gesetzen denken und handeln könnte, die der Schöpfer denkenden und handelnden Wesen vorgeschrieben.

Welch eine Psychologie und Pneumatologie müßten wir durchschauen können, um jetzt zu behaupten, ja eine solche Freiheit ist möglich.

Kennen wir diese Gesetze? Und wenn wir die unsrigen ganz zu kennen glauben, kennen wir die der über uns stuffenden Geister?

Laßt uns erst den Menschen als Thier betrachten und da ist er weder moralisch noch metaphysisch frei. Insoweit gesteht der Verf. auch zu, daß seine Handlungen mit ziemlicher Wahrscheinlichkeit vorausgesehen werden können. Von uns, ruffen wir dem Verf. zu, von Gott, der die Natur durchschaut, doch wohl mit etwas mehr. Und wie wenn wir schon im Auge des Cherubs nichts mehr schienen, als Thiere?

Schon in unsern eigenen Augen erscheinen wir oft als wenig besser. Wer dem Menschen die Dependenz von der Natur abspricht, der hat ihn noch nie recht angesehen. Können wir davor, daß wenn wir einen Tag gefastet oder geburstet, uns schädliche Speise oder Getränk aufgetischt wird, und wir dennoch zufahren? Können wir davor, daß wenn wir all unsere Säfte in der glücklichsten Fülle fühlen, uns beym Anblick und den Schmeicheleyen einer Buhlerin Begierden aufwachen deren wir uns vorher nie versehen hätten. Die Natur geht und wirkt ihren Gang fort, ohne sich um uns und unsere Moralität zu bekümmern, das ist unsere Sorge, und längst würde die beseelte und organisirte Welt aufgehört haben, wenn sie es nicht thäten. Setzt euch also aus dieser Dependenz heraus, fastet, seyd keusch, je nachdem ihr größere Kraft anwendet, zu widerstehen jenach dem wird ihr impulsus sich verringern, ihrer Herrschaft aber ganz entsagen, ganz willkührlich werden, könnt ihr eben so wenig als die Pflanze, die am Boden hängt, auf demselben herumtanzen mag.

Was ist denn nun die moralische Freiheit? Die Stärke die wir anwenden können, den Trieben der Natur nach den jedesmaligen Erfordernissen unsrer bessern Erkenntnis und unserer Situation zu wiederstehen. Wir können also moralisch immer freier, immer willkührlicher werden. Ob bey allen diesen Auswahlen des bessern aber wir nun völlig in den Stand einer Ungebundenheit, einer absoluten Willkührlichkeit übergehen, ob bey dieser höhern Region in die wir uns schwingen, das was uns so leicht, so unmerklich, so transparent umgiebt, nun nicht mehr Luft, nicht mehr Aether, sondern leerer Raum sey, wo wir gesetzlos blos von unserm Ich determinirt, nach unsern Capricen umhertaumeln — darüber haben mich die Responsa der Philosophen noch nicht befriedigt. Moralische Freiheit bleibt freilich, wir können auch da den uns entgegen wirkenden Kräften unsere Kraft entgegensetzen und nach Verhältnis der angewandten Anstrengung oder Tugend uns wieder immer in höhere Regionen schwingen, aber überall bleiben die ewigen nothwendigen göttlichen Gesetze, die all unsere Wirksamkeit einfassen, nach denen diese Wirksamkeit wenn unser moralischer Trieb nachläßt sich in sich selbst wieder verringert, oder in sich selbst vermehrt und uns nach diesem Maaßstabe glücklich oder unglücklich macht.

Da Gott also die Kraft kennt die er in uns gelegt hat, da er alle die Gesetze durchschaut nach denen diese Kraft sich vermehren oder vermindern kann, da er die Wirkungen und Folgen derselben zugleich mit diesen ewignothwendigen Gesetzen aufeinmahl übersieht — so kann er allwissend seyn ohne unserer moralischen Freiheit Eintrag zu thun. Ob er aber vorherwissend seyn kann, ist eine ganz überflüssige Frage, da in Gott keine Zeit statt finden soll, da bey ihm alles Gegenwärtigkeit ist, und der Begriff von Zeit nur von Menschen erfun=

ben ift, um in unfern Verftand Licht und Ordnung zu bringen. Diefes hat wenn ich recht fehe, der Verfaffer beftreiten wollen, nur zu Zeiten fich nicht circumfpect genug ausgedrückt. Einen Hausplan machen, ohne ihn in feinen kleinften Theilen zu überfehen, würde fchon eines fehr verftändigen Menfchen unwürdig feyn und Gott macht überhaupt keine Plane. Er handelt nothwendig fort, findet aber Nothwendigkeit in fich felbft und fo fauer uns diefe Vorftellung von einem Menfchen dünken möchte, fo ergötzlich muß fie der Gottheit feyn, die auffer fich und ihren nothwendigen Wirkungen kein anderes Ergötzen kennt. Daher haffe ich alle die Mißgeburten menfchlicher Köpfe von möglichen beffern Welten und wenn Leibnitz dem Menfchenverftande keinen andern Dienft geleiftet als daß er ihn erkennen lehrte diefe Welt fey nothwendig die befte, fo hätt er fchon genug gethan. Denn auf keiner andern Grundvefte können wir mit all unfern Gerüften und Leitern jemals das himmelhohe Gebiet der Wahrheit erfteigen. Ob aber die Hölle und alle Teuffel in diefes Gebiet gehören, davon ift hier der Ort zu reden nicht. Soviel fehen wir nun doch wohl fchon ein, daß eine Hölle, wie fie fich unfere lieben Voreltern gedacht, nie in den Sinn eines Wefens gekommen fein könne, für welches wir die Gottheit itzt kennen lernen. Ob aber beswegen die ganze Realität diefer biblifchen Vorftellungsarten zu leugnen und in das Gebiet der Undinge zu verwerfen feyen, diefes wage ich einigen unfrer neuen Schriftfteller nicht nachzubehaupten.

VI. Versuch über das erste Prinzipium der Moral.

(Vorgelesen in der literarischen Gesellschaft zu Straßburg.)

Das Studium der Moral ist zu allen Zeiten eine der **vorzüglichsten** Beschäftigungen des menschlichen Verstandes gewesen: und in der That sollte es, wenn wir eine vollkommene Erziehung auf unsrer Erde erwarten könnten, die **erste** seyn. Da die Moral die Lehre von der Bestimmung des Menschen und von dem rechten Gebrauch seines freyen Willens um diese Bestimmung zu erreichen, ist, so sehen wir klar, daß sie die Zeichnung zu dem ganzen Gemählde unsers Lebens enthält, welcher wir, jenachdem sich bei reiferem Alter und fruchtbaren Umständen unsere Fähigkeiten entwickeln, Luft, Schatten und Colorit geben.

Diese Moral muß aber auf gewissen festgesetzten unumstößlichen Gründen beruhen, sonst wird das ganze Gebäude unproportionirt und schwankend. Nichts ist aber der menschlichen Natur unwürdiger, als Handlungen, die nach keinem Ziel gehen. Ja ich möchte, (wenn es hier nur nicht noch zu frühe wäre) sagen, nichts ist unangenehmer und unseeliger als ein solches absichtsloses Betragen. Denn daß das wahre Vergnügen in mehr als einer bloßen Kützelung unserer Sinne bestehe, werden Sie mir auch unbewiesen zugeben.

Ich habe mir vorgenommen, Ihnen M. H., nach meiner gewöhnlichen Art, über diese ersten Gründe der Moral einige leichte, ohne Zusammenhang scheinende Anmerkungen hinzustreuen. Es ist kein Glaubensbekenntniß, es sind Meinungen, die mir aber so lange als baare Münze gelten, bis ich sie

gegen beſſere auswechſeln kann. Wenn ein Sokrates, der
andere in den Sphären herumreiſen ließ, unterdeſſen in ſich
ſelbſt zurückſchauete, und ſein eigen Herz, die reichhaltigſte
Goldgrube, durchforſchte, wenn ein Sokrates geſtehen mußte,
er habe noch nichts gelernt, als daß er nichts wiſſe — was
ſollen wir ſagen, Meine Herren?

Der menſchliche Verſtand iſt von der Art, daß er in jeder
Wiſſenſchaft, oft in ſeiner geſammten Erkenntniß, auf ein
erſtes Principium zu kommen ſtrebt, welches alsdenn die Baſis
wird auf der er baut, und, wenn er einmahl zu bauen ange=
fangen, von welcher er nie wieder abgeht, es müßte dann der
Herr vom Himmel ſelbſt herabfahren und ihm die Sprache
verwirren.

Soll ich aufrichtig reden, ſo deucht mich dieſes Verfahren
des menſchlichen Verſtandes allemahl ein wenig vorwitzigend,
wo ich nicht irre, beſtättigt die Erfahrung meinen Verdacht.
Wir ſind einmahl zuſammengeſetzte Weſen und eine unendliche
Reihe von Begriffen aus einem erſten einzigen Begriff herzu=
leiten, wird uns vielleicht erſt dann möglich ſeyn, wenn unſre,
ihrer Natur nach einfache Seele, von dieſer wunderlich zuſam=
mengeſetzten Maſſe Materie getrennt iſt, an die es dem
Schöpfer gefallen, ſie feſtzumachen, ſo wie Jupiter in der Fabel
den ehrlichen Prometheus, der aus dem Himmel Feuer ſtehlen
wollte, unterwegens an den Caukaſus ſchmiedete.

Mich deucht, wir haben in der Republik der Gelehrten Er=
fahrungen genug gehabt, wieviel Irrungen ſchon aus der ge=
fährlichen Einheitsſucht, dem Beſtreben alles auf eins
zurückzubringen, entſtanden. Mich hier in einen Detail ein=
zulaſſen, dazu würde Ihnen die Geduld und mir die Zeit
mangeln. Doch, Sie dürfen nur ein wenig um ſich her, ein
wenig ins Vergangene zurückſehen. Wie erſchröcklich viele
Sekten und Stifter derſelben in allen Provinzen der Wiſſen=
ſchaft, wovon jeder einen andern Standpunkt genommen, aus
dem er alle Dinge um ſich herum anſieht, aus dem er eine

Linie ins Unendliche zieht und derselben so steif und fest folgt, als Theseus dem Faden der Ariadne; ob sie ihn aber allezeit so glücklich aus dem Labyrinth heraushilft, ist eine andere Frage. Mir wenigstens kommen diese kühnen Stifter neuer Sekten, die durchaus und durchein allein behaupten, den rechten Punkt der Wahrheit getroffen zu haben, wie blinde Hähne auf einem großen Haufen Schutt vor: jeder von ihnen bekommt statt des Weizenkörnchens Sand in die Klaue und jeder kräht.

Der Moral ist es nicht besser gegangen. Statt daß mancher rechtschaffene Barbar' diese liebenswürdige Göttin in ihrer himmlischen ersten Nacktheit mit seinen beyden Augen ansah, so machten die alten Philosophen schon alle nach der Reihe das eine Auge zu und visirten nach dem ersten einzigen Grundsatz derselben, oder welches einerlei ist nach dem summum bonum. Plato zog seine Linie in die Sphären, Diogenes in den Koth, Zeno in eine absolute Nothwendigkeit, Epikur gerade in das Weinglas. Jeder von diesen Herren hat fürtrefliche Wahrheiten gesagt, aber keiner von ihnen hat sein Ziel getroffen. Bubsbo, ein Japanesischer Philosoph glaubte sogar, das summum bonum im Nichts anzutreffen. Er und seine Anhänger verschlossen sich deshalben zu ganzen Tagen in dunkle Zimmer, um sich bey Zeiten an das liebe Nichts zu gewöhnen. Man sollte fast glauben, er habe durch dieses drollichte System ein Emblem der andern moralischen Systeme geben und sich über sie lustig machen wollen. Keinem von allen diesen Herren aber ist es eingefallen, das erste Principium der Moral, das summum bonum in uns selber zu suchen.

Hieher, M. H., linksumgemacht. — Ehe wir ins Unendliche reisen, lassen Sie uns hier stille stehen und fragen, wohin wir reisen wollen.

In der That, die menschliche Vernunft gleicht dem Auge eines Uebersichtigen, das Gegenstände von halben Stunden weit aufnimmt, was aber nahe bey ihm steht, nie sehen kann.

Und die Wahrheit, um recht verborgen zu bleiben, stellt sich oft ganz nahe bey uns, oder sie macht es wie Diogenes, der einen Schützen die Scheibe verfehlen sah, sich vor dieselbe hinstellte und sagte: da bin ich am sichersten. Glauben Sie aber nicht, M. H., wenn ich Sie jetzt zum Dreyfuß Ihres eigenen Herzens führe um sich über Ihre große Reise durchs Leben dort Raths zu erholen, daß es Ihnen von dem ersten und einzigen Principium des ganzen moralischen Systems Nachricht geben wird. Nein, M. H., geben Sie das einzige erste Principium nur ganz dreist in allen Wissenschaften auf, oder lassen Sie uns den Schöpfer tadeln, daß er uns nicht selbst zu einem einzigen Principium gemacht hat. Ich weiß wohl, daß gewisse Psychologen uns gern überreden möchten wir wären entweder ganz Geist, oder ganz Materie. Aber warum fürchten denn alle Nationen des Erdballs den Tod, da sie doch sehen, daß kleine niedliche Würmer von uns essen, die eben so gut Materie sind als wir. Warum verlieren wir lieber einen Arm, ein Bein, als den Kopf, an dem die Materie nicht mehr wiegt, als an jenen. Ja dort oben in der Zirbeldrüse sitzt etwas, das sagt: Ich bin, und wenn das etwas fort ist, so hört das: Ich bin, auf. Wenn Hände, Mund und Kehle ganz unbesorgt daran arbeiten Speise und Trank in unsern Magen hinabzuschicken, so ruft der fremde Herr dort oben in der Zirbeldrüse einmahl über das andere: Halt lieber Mund! es ist zuviel lieber Mund! du wirst dir den Magen verderben. Kurz, meine Herren, wir sind Hermaphroditen, gedoppelte Thiere sowohl in unserm Wesen, als in unsern Kenntnissen und den Principien derselben. Newton hätte uns gern auf eine einzige Kraft zurückgeführt, um alle Phänomene der Naturlehre daraus abzuleiten. Aber was war zu thun, er fand zwo, die anziehende und die zurückstoßende Kraft und bey diesen zween mußte er stille stehen. Noch ein Beyspiel und dann wollen wir näher zur

Sache. Herr Battleux schwur hoch und theuer das erste Principium aller schönen Künste gefunden zu haben. Ahmet der schönen Natur nach! Was ist schöne Natur? Die Natur nicht wie sie ist, sondern wie sie seyn soll. Und wie soll sie denn seyn? Schön. —— Ein trefliches Principium, das mir meine Frage mit andern Worten zurück giebt. Home fand zwey Principia des Schönen, Einheit und Mannichfaltigkeit und mir daucht er hat seine beyden Augen gebraucht, da jener das eine zumachte und mit dem andern schielte.

Wir wollen also die Frage veräudern und anstatt: Was ist das erste — soll es heissen: Welches sind die ersten Principia der Moral, aus welchen wir uns ein richtiges, festes und dauerhaftes System derselben entwickeln können?

Und diese Frage soll uns unser Herz beantworten. Ich wünschte einen Feuerfunken in diese dunkle Kammer hinabbringen zu können, der mit schwachem zitterndem Licht uns die innere Einrichtung unserer Maschine nur ein wenig helle machen könnte. Es sind zwey Räder da, oder lieber ohne Allegorie zu sprechen, zween Grundtriebe, welche mit verborgener Gewalt allen Handlungen unsers ganzen Lebens ihre Richtung geben. Nehmen Sie es mir nicht übel, meine H., selbst die Stille, die jetzt in diesem Zimmer herrscht, die Geduld, mit der Sie meinem Geplauder zuhören, ist eine Wirkung und Beweiß derselben.

Ja ja, es liegen zween Triebe in unserm Herzen, wie sie hinein gekommen, mag der liebe Gott wissen, was wir darüber sagen können, wird immer mangelhaft seyn. Genug, sie sind da, und sie sollen die zween Füsse seyn, auf welchen wir den Körper unserer Moral zu stehen machen wollen und diese Füsse werden uns, ich versichere Sie, geschwind und leicht zum Ziel tragen, da wir auf einem allein, nur langsam dahin hinken würden.

Diese beyden Grundtriebe, die in die menschliche Natur von

ihrem Schöpfer gelegt sind, heissen, der Trieb nach Vollkommenheit und der Trieb nach Glückseligkeit.

Aber jetzt bitte ich Sie, mich vollends auszuhören. Loßsprechen, Beyfallen und Verdammen sind lauter Sachen, die das Anhören voraussetzen, sonst sind sie nach aller Menschen Urtheil ungerecht. Sie werden mir gleich beym ersten Wort, da ich von Vollkommenheit rede, denselben Vorwurf machen, den meine Naseweisigkeit dem Herrn Batteux gemacht, nemlich daß ich in meiner Antwort auf die Frage die ich dieser Abhandlung zum Titel beygedacht, Ihnen nichts mehr als ihre Frage in anderen Worten zurückgebe. Hören Sie also meine Definition oder vielmehr Description von der Vollkommenheit, einem Wort, das den meisten Menschen, ich weiß nicht warum, nicht gefällt und das sie sogern mit dem Wort Glückseligkeit verwechseln, welches doch in der That, wenn wir mit allen Worten genau bestimmte Begriffe verbinden wollen, eine von derselben ganz unterschiedene Bedeutung hat.

Was ist Vollkommenheit? — Wir haben von Natur gewisse Kräfte und Fähigkeiten in uns, die wir fühlen, das heißt nach der Baumgartischen Art zu reden, uns ihrer bewußt sind — und jemehr sie sich entwickeln, desto deutlicher fühlen, oder welches einerley ist, desto deutlicher uns ihrer bewußt werden. Ob dieses Gefühl angenehm sey, brauche ich Sie wohl nicht zu fragen. Sie fühlen sich alle, M. H., Ihr erstes Gefühl muß sehr klein gewesen seyn: als Ihre Kräfte noch in Windeln lagen, weinten Sie. Aber Sie werden sich auch wol zu erinnern wissen, daß Ruhe und Heiterkeit in Ihrer Seele mit dem erweiterten Gefühl Ihrer Fähigkeiten zunahmen. Und noch jetzt, welche Stunden Ihres Lebens sind wohl glücklicher als die, in welchen Sie das größte Gefühl Ihres Vermögens um mit Ossian zu sprechen, oder das höchste Bewußtseyn Ihrer gesammten Fähigkeiten haben? Der Trieb nach Vollkommenheit ist also das ursprüngliche Verlangen unsers Wesens, sich eines immer größern Umfanges unserer Kräfte und Fähigkeiten bewußt zu werden. Es versteht sich am Rande, daß hier Fähigkeiten des Geistes und Körpers sammt und sonders verstanden werden, und in wiefern einer auf diese, der andere auf jene einen höhern Werth setzt, insofern sind auch die Begriffe der Vollkommenheit verschieden.

Eine schöne Moral, werden Sie sagen, läßt sich hieraus folgern. Nicht zu frühzeitig mit den Folgerungen, M. H. Ich habe mit diesen letzten Worten nur anzeigen wollen, was ist, nicht was seyn soll. Um den wahren Begriff der Vollkommenheit zu erlangen, müssen wir in die Kenntniß des Menschen ein wenig tiefer hineingehn, Erfahrungen anstellen, sie vergleichen, und die Vernunft entscheiden lassen. Da aber nichts so schwer ist, als sich selbst ganz kennen zu lernen, so sehen Sie selbst, daß wir hier für unser ganzes Leben, vielleicht auch fürs künftige Stoff genug finden, uns zu beschäftigen. Nichts in der Welt ist zu einer absoluten Ruhe erschaffen und unsere Bestimmung scheint gleichfalls ein immerwährendes Wachsen, Zunehmen, Forschen und Bemühen zu seyn. Wir sollen immer weiter gehen und nie stille stehen.

Soviel aber denke ich, haben wir aus unserer eigenen und aller unserer Nebenmenschen Erfahrungen in unserm aufgeklärteren Zeitalter schon gelernt, daß unter allen unsern Fähigkeiten, die unsers Geistes, und unter diesen die sogenannten obern Seelenkräfte, die eblern; die andern also ihnen untergeordnet sind. Nach dieser Proportion müssen wir also auch sie zu entwickeln und zu erhöhen suchen. Da aber alle in einem unauflößlichen unendlich feinen Bande mit einander stehen, so sind die andern eben so wenig zu verabsäumen. Und dieses nach der verschiedenen Einrichtung eines jeden Individuums: sein inneres Gefühl, seine gemachten Erfahrungen und die Entscheidung seiner Vernunft wird ihn darin am besten unterrichten. Genug, es muß in unserm Bestreben nach Vollkommenheit eine gewisse Uebereinstimmung aller unserer Kräfte zu einem Ganzen, eine gewisse Harmonie seyn, welche eigent-

— 40 —

lich den wahren Begriff des höchsten Schönen giebt. Sehen Sie nun, daß die Linien des wahren Schönen und des wahren Guten im strengsten Verstande, in einen Punkt zusammen lauffen?

Bedenken Sie wohl, M. H., daß ich hier von einer **menschlichen Vollkommenheit** rede. Ich hoffe nicht, daß mir hier der Einwurf wird gemacht werden, daß, da Gott die ersten Menschen **gut** erschaffen, sie meinen Begriffen zu Folge, gar keine Moral müßten gehabt haben. **Gut**, m. H., hieß bey den ersten Menschen, fähig zur Vollkommenheit, aber noch nicht vollkommen, denn sonst würden sie nicht gefallen seyn. Alle Geschöpfe vom Wurm bis zum Seraph müssen sich vervollkommnen können, sonst hörten sie auf endliche Geschöpfe zu seyn, und würden sich nach dem Platonischen Lehrbegriff ins unendliche und allervollkommenste Wesen verlieren.

Noch einen Trieb haben wir in uns, der den Trieb nach Vollkommenheit beständig begleitet, den ich aber nicht sowohl einen **Grund** — als einen **Hülfstrieb** nennen kann und dieses ist der Trieb — uns **mitzutheilen**. Wir suchen alle Fähigkeiten und Kräfte, deren wir uns bewußt sind, auch andern um uns herum fühlbar zu machen und eben dieses ist das einzige Mittel, dieselben zu entwickeln und zu erweitern. Die meisten, bie größesten und fürtreflichsten unserer Fähigkeiten liegen todt, sobald wir aus aller menschlichen Gesellschaft fortgerissen uns völlig **allein** befinden. Daher schaudert unserer Natur für nichts so sehr, als einer gänzlichen Einsamkeit, weil alsdann unser Gefühl unserer Fähigkeiten das kleinstmöglichste wird. Sehen Sie hier die Weisheit des Schöpfers, sehen Sie hier den Keim der Liebe und aller gesellschaftlichen Tugenden, auf den ersten Grundtrieb nach Vollkommenheit gepfropft. Mich über diese Materie weiter auszulassen, würde sehr überflüssig seyn, da ich Sie nur auf die unter Ihnen allen noch unvergessene Abhandlung des Herrn Salzmann verweisen darf.

Eins muß ich hier noch aufnehmen und dieses ist die Unter=
suchung, auf welchem Grunde das Ideal einer reinen Freund=
schaft beruhe. Die Freundschaften aus Eigennutz, aus Eitelkeit,
aus unlautern Absichten sind der menschlichen Natur unwürdig.
Die Freundschaften des Umgangs sind nur der Halbschatten
einer ächten von allem Eigennutz gereinigten Freundschaft.
Die Freundschaft aus Sympathie, das ist, die bey dem ersten
Blick wegen eines je ne sais quoi geschlossen werden, sind
unzuverläßig, nicht dauerhaft, und allemahl verdächtig, wenn
sie bloß in der Phantasey ihren Grund haben. Welches ist
denn nun das Ideal der Freundschaft? Wir Menschen können
uns von andern niemals Begriffe machen, wenn wir sie nicht
mit uns selbst vergleichen. Wir selbst sind immer der Maß=
stab nach welchem wir Personen außer uns messen. Wahre
Vollkommenheit kann also niemand gehörig schätzen, als der
sie selber besitzt. (Bedenken Sie, daß ich hier von lauter
Idealen rede). Wahre Freundschaft beruht also einzig auf
das wechselseitige Gefühl unserer Vollkommenheit, oder, um
jetzt menschlich zu reden, auf dem wechselseitigen Gefühl un=
sers Bestrebens nach Vollkommenheit.

Aber, was wird denn nun aus dem andern Fuß Ihres
moralischen Körpers, aus der Glückseligkeit werden? hör' ich
Sie fragen. Ist das Gefühl unserer Fähigkeiten nicht das,
was unsere ganze Glückseligkeit ausmacht? Und sind Vollkom=
menheit und Glückseligkeit also nicht gleichgültige Begriffe?

Nein, M. H., die Glückseligkeit, die ich meine, (und hier
müssen wir durchaus bestimmte Begriffe haben) ist von der
Vollkommenheit wesentlich unterschieden. Die Vollkommenheit
beruht auf uns selber, die Glückseligkeit nicht. Die Vollkom=
menheit ist eine Eigenschaft, die Glückseligkeit ist ein Zustand.
Was ein Zustand sey — Sie werden so unbarmherzig nicht
seyn und von mir eine onthologische Definition fordern. Sie
würde Ihnen doch keinen deutlichern Begriff dieses Worts

geben, sie würde vielleicht auf nichts weiter hinauslauffen, als zu sagen: Ein Zustand ist status und status ist ein Zustand. Sehen Sie das Wort selbst an, der anschauende Begriff eines Zustandes wird Ihnen sagen, daß es eine gewisse Lage, eine gewisse Relation unsers. Selbst mit den Dingen außer uns sey. Ferner, daß es in der ganzen Schöpfung nur zween mögliche Zustände gebe, die Ruhe und die Bewegung. Der Zustand einer absoluten Ruhe hat, wie die Physiker lehren, in unserer Welt keine Statt; die Ruhe der Materie selbst ist eine entgegengesetzte Bewegung gleicher Kräfte, die sich unter einander aufheben. Die Geisterwelt kennen wir freylich nicht, wir sehen aber aus täglicher Erfahrung an unserm lieben Haußherrn unserer Seele, daß die Geister noch weniger als die Materie zur absoluten Ruhe gemacht sind. Wenn also die Frage ist, welcher Zustand für unser Ich das aus Materie und Geist zusammengesetzt ist, der glücklichste sey, so versteht es sich zum voraus, daß wir hier einen Zustand der Bewegung meinen. Ich muß mich darüber näher erklären.

Sie haben gehört, eine absolute Ruhe ist (ich will das wenigste sagen) in diesem Leben unserm Ich kein möglicher Zustand. Also wollen wir die absolute Ruhe in Miltons Chaos und alle Nacht hin verweisen. Es giebt aber eine relative Ruhe, welche, wenn wir sie auf unser Ich anwenden, nichts ist als der geringste Grad der Bewegung! Es sey also die Frage, welcher Zustand ist der glücklichste für uns? Die Antwort ist flugs fertig, derjenige, welcher unserer Vollkommenheit, dem Umfange unserer Fähigkeiten am angemessensten ist. Nun kommt es darauf an, zu zeigen, welcher Zustand unserer Vollkommenheit der angemessenste sey.

Rousseau ist für den Zustand der Ruhe, oder der kleinstmöglichsten Bewegung. Allein sollte dieser Zustand einem Wesen wohl der angemessenste seyn, welches in sich einen Grundtrieb zu einer immer höheren Vervollkommnung, zu einer immer weitern Entwickelung seiner Fähigkeiten spührt! Nein

Der höchste Zustand der Bewegung ist unserm Ich der angemessenste, das heißt derjenige Zustand, wo unsere äußern Umstände unsere Relationen und Situationen so zusammenlaufen, daß wir das größtmöglichste Feld vor uns haben, unsere Vollkommenheit zu erhöhen, zu befördern und andern empfindbar zu machen, weil wir uns alsdenn das größtmöglichste Vergnügen versprechen können, welches eigentlich bey allen Menschen in der ganzen Welt in dem größten Gefühl unserer Existenz, unserer Fähigkeiten, unsers Selbst besteht.

Woher denn nun aber die verschiedenen Begriffe der Menschen von der Glückseligkeit, die spanischen Schlösser, die die Phantasey jedes Menschen auf eine andere Art zusammensetzt und wenn man sie ihm bestreiten will, sogleich mit dem Sprüchwort vertheidigt: De gustibus non est disputandum? Darüber, m. H., ließe sich ein Buch schreiben. Ich will aber versuchen, Ihnen die ganze Schwierigkeit mit zween Worten zu heben. Aus der unrichtigen Kenntniß seiner Selbst. Der Wollüstling fühlt bloß seine Sinnlichkeit. Er würde erschröcklich böse werden, wenn man ihm anschauend und lebendig zu erkennen gäbe, daß er höhere Fähigkeiten habe, deren Gefühl ihn unendlich mehr belustigen würde. Der Hochmüthige fühlt nur diejenigen Fähigkeiten in sich, die er andern empfindbar machen kann. Daraus wird mit der Zeit ein Bestreben, andern mehr zu fühlen zu geben, als er selbst fühlt. Daraus wird eine Ueberredung, eine Persuasion von höhern Fähigkeiten in sich, als da sind, das heißt, er glaubt sich selbst vollkommener, als er sich wirklich fühlt. Lachen Sie nicht über diese Scheinwidersprüche, es ist Wahrheit darinne. Zugleich überhebt ihn diese Persuasion der Mühe zu wachsen, in seiner Vervollkommnung weiter zu gehen. Gefährlicher Irrthum! der in der That unglücklich macht, ihn täglich unglücklicher macht, je länger er stille steht. Denn das falsche Gefühl von Fähigkeiten verdunkelt sich zuletzt immer selber und kann nur mit gewaltsamer Anstrengung in unserer Seele erhalten werden, welche gewiß kein Vergnügen ist. Der Geitzige, als blosser Geitzige, ist niemals glücklich, ja er ist nicht einmal so dreist, eine Glückseligkeit zu wünschen, weil er sich immer heimlich fürchtet, sie möchte ihm Geld kosten. Das Geld hat nur den Werth eines Mittels, wodurch wir uns in den Zustand auf dieser Welt versetzen können, der unsern Fähigkeiten der angemessenste scheint. Wenn wir aber dieses Mittel nie dazu brauchen, so zeigen wir ja offenbar, daß wir keine Fähigkeiten, weder des Körpers noch des Geistes haben, die wir zu entwickeln, deren wir uns bewußt zu werden suchen. Der eigentliche Geitzige ist also das elendeste und unglücklichste unter allen Thieren, weil er nie hoffen kann sich einiger Fähigkeiten des Geistes oder Körpers bewußt zu werden: daher haben dergleichen Leute schwarzes Blut, melancholische dunkle Köpfe, unbehülfliche Gliedmaßen und lachen niemals, wenn andere Leute lachen. — Der Geitzige aus Absichten ist nur alsdenn glücklich, wenn er seine Absichten erreicht und alsdenn kommt es darauf an, wie edel oder unedel diese Absichten seyn, nach diesem Maaßstabe ist er mehr oder weniger glücklich — oder um nicht nach seinen eigenen Begriffen uns auszudrücken, weniger oder mehr unglücklich.

Wir sind also nur alsdenn wahrhaftig glücklich, wenn wir in einem Zustande sind, in welchem wir unsere Vollkommenheit auf die leichteste und geschwindeste Art befördern können, das heißt, in welchem wir die Fähigkeiten unsers Verstandes, unsers Willens, unserer Empfindungen, unserer Phantasey, aller unserer untern Seelenkräfte, hernach auch unserer Gliedmaßen und unsers Körpers immer mehr entwikteln, verfeinern und erhöhen können, und zwar in einer gewissen Uebereinstimmung der Theile zum Ganzen, in einer gewissen Harmonie und Ordnung, welche uns unsere Vernunft die von allen Vorurtheilen befreyt ist und die höchste Oberherrschaft über alle unsere übrigen Seelenvermögen erhalten hat, selbst lehren wird.

Gott giebt uns unsern Zustand, unsere Glückseligkeit und zwar (dis lernen wir aus der großen Weltordnung und eigenen täglich und stündlich anzustellenden Erfahrungen) nach Maßgebung unserer Vollkommenheit, das heißt, unsers Bestrebens nach Vollkommenheit. Diesen Lehrsatz so lebendig zu erkennen, dessen so gewiß zu seyn, daß wir uns durch keine Scheinwidersprüche darin irre, oder davon abwendig machen lassen, nenne ich: Glauben. Es ist dieses der moralische, oder wollen Sie lieber, der natürliche Glaube, an ein Wesen, das uns die ganze Schöpfung und der Trieb nach Vollkommenheit und nach einem Zustande, der dieser Vollkommenheit der beförderlichste ist, schon als das allervollkommenste Wesen kennen gelehrt hat. Diesen Glauben hat schon ein Sokrates wiewohl dunkel bey sich gespührt: ja dieser Glaube macht eigentlich an sich schon den Hauptgrund unserer Glückseligkeit aus. Es ist eine gänzliche Ergebung in den göttlichen Willen, die von einer süßen innern Empfindung der alles erfüllenden Gottheit begleitet ist. Dieses war die Empfindung, in der sich Henoch nach dem Ausdruck der Originalsprache mit Gott zerwandelte (sic), und von der er in der That nur eine kleine Stuffe brauchte, um bis in den Himmel zu rücken. Dieses war die Empfindung, von welcher David begeistert sang: Wenn ich nur dich habe, so frage ich nichts nach Himmel und Erden. Und wenn mir Leib und Seele verschmachtete, so bleibst du Gott doch meines Herzens Trost und mein Theil.

In der That, M. H., wenn Gott uns nicht unsern Zustand gäbe — wie elend würden wir seyn? Wir mit unserer spannenlangen Vernunft, wir die wie Kinder anzusehen, welche das Feuer für was angenehmes halten, weil es roth aussieht und schnell mit beyden Händen hineingreifen.

Sollen wir aber nichts zu Verbesserung unsers Zustandes thun? hör ich sie fragen. Sollen wir Gott versuchen und lauter Wunder von ihm erwarten?

Hören Sie was wir thun müssen, hören Sie es, merken Sie es, dis ist der fruchtbarste Theil meiner Principien. **Wir müssen suchen andere um uns herum glücklich zu machen.** Nach allen unsern Kräften arbeiten, nicht allein ihre Fähigkeiten zu entwickeln, sondern auch sie in solche Zustände zu setzen, worin sie ihre Fähigkeiten am besten entwickeln können. Wenn jeder diesen Vorsatz in sich zur Reife und zum Leben kommen läßt, so werden wir eine glückliche Welt haben. <u>Jeder sorgt bloß für des andern Glück</u> und jeder wird selbst glücklich, weil er um sich herum Leute findet, die für das seinige sorgen. Diese beständig wachsame und wirkende Sorgfalt für den Zustand meines Nebenmenschen wird auch das beste Mittel seyn, hier in dieser Welt meine Fähigkeiten zu entwickeln, meine Vollkommenheit zu befördern.

O wie bezaubernd ist die Aussicht in eine solche Welt! Das ist das Reich Gottes auf Erden, um dessen Ankunft uns Christus im Vater Unser bethen lehrt.

Aber — ach diese Welt, ist keine solche Welt. Jeder sorgt nur für seinen eigenen Zustand, für den Zustand seines Nachbarn aber schließt er die Augen zu. Und sollen wir Moralisten — sollen <u>wir Christen</u> uns darin nicht von dem gemeinen Haufen unterscheiden? Das ist eben der große Probierstein von der Wahrhaftigkeit und Realität unsers Glaubens. Frisch, an die Arbeit, meine Brüder, die ihr Muth genug habt Menschenfreunde zu seyn. Ueberlaßt euren Zustand dem Gott, der die Welt geschaffen, strebt einzig und allein darnach b e s s e r zu werden und eure Nebenmenschen um euch herum nicht allein besser, sondern auch glücklich zu machen!

Es ist schwer — es ist unmöglich —

Stille — hier gehe ich von der Moral zur <u>Religion</u> über.

Es ist seltsam, daß man unter der natürlichen und theologischen Moral einen Unterscheid macht, gleich als ob die ewigen Gesetze Gottes über unser Verhalten nicht zu allen Zeiten dieselben gewesen wären. Die Bibel ist uns nicht gegeben uns eine neue Moral zu lehren, sondern nur die einzige und ewige Moral, die der Finger Gottes in unser Herz geschrieben, in ein neues Licht zu setzen. Der Mensch war verblendet worden von dem Leben das aus Gott ist und die Absicht des Erlösers war, wie er selber sagt, nicht das Gesetz aufzuheben, sondern es zu erfüllen, uns dasselbe also durch seine Lehre und Beyspiel von neuem vor die Augen zu legen und zu empfehlen. Ja sogar, die Uebereinstimmung seiner Lehre mit dieser Moral ist die einzige Probe der Göttlichkeit derselben. Wenigstens ist dieser Beweiß mir allezeit der einleuchtendste und kräftigste gewesen und er selbst beruft sich darauf, wenn er die Pharisäer tadelt, die nicht glaubten sobald sie keine Zeichen und Wunder sähen, wenn er mit klaren Worten spricht: Wer den Willen thut meines Vaters im Himmel, der wird sehen, ob meine Lehre von Gott sey.

Unsere ganze Religion und die Absicht der Sendung Christi beruht also bloß auf neuen Motiven, höheren Bewegungsgründen, die uns der barmherzige Gott zur Aufmunterung und Hülfe auf dem steilen und schweren Weg nach Vollkommenheit und Glückseligkeit hinzugethan. Und welches waren diese? Ich will versuchen einen unvollkommenen Abriß davon zu geben. Zuerst steht, die nähere Bekanntmachung seines Willens hierüber durch Jesum Christum, unsern Messias. Welch eine Aufmunterung, wenn Gott vom Himmel das bestätigt, was mir mein Herz zugeflüstert hat. Der Wille Gottes war der Innhalt der Lehre Christi. Und Christus sagt: Seyd vollkommen, wie Euer Vater im Himmel vollkommen ist. Und von der Glückseligkeit merken Sie diesen Ausspruch: Trachtet am ersten nach dem Reich Gottes. — Ich habe

schon vorhin gesagt, daß ich in der That das Reich Gottes auf
Erden für nichts anders als das beständige Bestreben aller Menschen
einander glücklich zu machen, halte — so wird euch das übri=
ge zufallen. Sorget nicht — Euer himmlischer Vater weiß
was ihr bedürfet. — Das ist aber noch nicht genug: ein hö=
heres Motiv ist das große Gemählde das unser Heiland uns
in seinem Leben aufgestellt hat. Das ist eine lebendige Rede,
oder vielmehr ein redendes Leben, welches wenn wir es an=
schauend erkannt, wir nicht unnachgeahmt laßen können.
Jesus Christus, der auch wie wir an Geberden als ein Mensch
erfunden ward, nahm zu an Alter, Weisheit und Gnade bei
Gott und den Menschen. Er dachte nie an seinen eigenen
äußerlichen Zustand, er hatte nicht wo er sein Haupt hinlegte,
er suchte nicht seine eigene Ehre, aber er zog umher, lehrete,
that wohl und beförderte die Ehre Gottes. Er gieng so weit
in der Aufopferung seines eigenen Glückes, daß er nicht allein
sein Leben sondern sogar — und bei dieser That schauert das
innerste Wesen meiner Seele, die höchste die einzig mögliche
Glückseligkeit, die Gemeinschaft mit Gott aufgab und sich am
Kreuz drey Stunden von Gott verlaßen sah — Das ist der
einzige Begriff den wir in der Bibel von einer Hölle haben.
Und er — der nächste an der Gottheit in diesen 3 Stunden
von ihr am weitesten entfernt — gottseliges künblich großes
Geheimniß in welches die Engel zu schauen gelüstet! eine
Liebe, die wir mit verhülltem Antlitz und im Staube angehef=
teter Vernunft anbethen müßen.

So hoch kann unser nachahmendes Wohlwollen nie steigen
aber eben daher entsteht das dritte Motiv zu unsern Bestreben,
nach Vollkommenheit, die Lehre von dem Verdienst Jesu Christi
von dem vollgültigen Verdienst seines Lebens, Leidens und
Sterbens. Nichts ist so niederschlagend, als wenn man einen
Endzweck nicht allein nicht erreicht, sondern auch nicht zu er=
reichen hoffen kann. Und wenn ihr alles gethan habt, sagt

Christus, so seyd ihr unnütze Knechte. Dieses legen viele ihrer Faulheit zu einem Polster unter und glauben das beste sey, nichts zu thun.

Erschröckliche Erklärung die unsere ganze Religion umwirft und der Absicht Gottes gerade entgegenläuft. Eben darum weil wir nicht alles thun können, und wenn wir es gethan hätten, wir dennoch kein für Gott geltendes Verdienst haben würden, so sollen wir durch den Glauben uns das vollgeltende Verdienst des vollkommensten Menschen Jesu Christi zueignen und um dessen willen allein die Annäherung zu Gott, das heißt, die ewige Seeligkeit hoffen und erwarten. Dis ist der geistliche oder wenn Sie lieber wollen, der theologische Glaube, der unserer ganzen moralischen Gemüthsverfassung und wenn sie auch die vollkommenste wäre, ganz allein die Krone aufsetzen kann und muß. Er ist, wenn ich mit Baumgartenschen Aus= 38. brücken reden soll: Complementum moralitatis.

Noch viele Motiven unserer geheiligten Religion übergehe ich, weil ich hier mir nicht zum Ziele gesetzt ein Lehrgebäude der Religion zu geben, sondern nur einige Linien der Moral zu ziehen, welche sich in unsere geoffenbarte Religion verlieren, wie kleine Flüsse in den Ocean.

Die uns von Gott verheißene unmittelbare Unterstützung unserer Bestrebung nach Vollkommenheit, ist uns, wenn wir unsere Bemühungen undankbar finden, eine herrliche Aufmun= terung von neuem anzufangen, wenn wir uns aber einiger glücklich gerathener Versuche zu sehr überheben, eine göttliche Demüthigung.

Das größeste und letzte Motiv, das uns unsere Religion zur Vollkommenheit giebt ist die Aussicht in ein ewiges Leben, die Verheißung des einstigen Anschauens der nächsten Erkennt= niß und Empfindung Gottes, als worin die höchste Glückse= ligkeit besteht, welche uns in der h. Schrift unter verschiedenen sinnlichen Vorstellungen angedeutet wird, weil wir noch zu un=

fähig sind, sie uns einmahl anders zu denken. O wie kann eine Glückseligkeit höher steigen, welch ein Zustand kann alle in uns liegende Menschenkräfte mehr entwickeln, erhöhen und vervollkommnen als die unmittelbare anschauende Erkenntniß des, der da wohnet in einem Licht, da niemand zukommen kann, welchen kein Mensch gesehen hat, noch sehen kann! Ihm sey Ehre in Ewigkeit. Amen.

Jetzt will ich mit zwey Worten zu unserer Moral zurückkehren. Sie sehen, daß die Vollkommenheit der erste Punkt ist, nach dem wir visiren, die Glückseligkeit aber, oder der dieser Vollkommenheit gemäßeste Zustand, der andere. Sie sehen, daß die Glückseligkeit zugleich ein Bewegungsgrund wird, warum wir Vollkommenheit suchen, weil wir sonst keine wahre Glückseligkeit finden, und umgekehrt, daß die Vollkommenheit der Bewegungsgrund ist, warum wir Glückseeligkeit suchen, weil, wenn wir keine Fähigkeiten hätten, wir auch keinen Zustand suchen würden, der diese Fähigkeiten immer weiter entwickeln kann.

Sehen Sie hier, M. H., meine Moral auf zween Füßen, der eine unterstützt den andern wechselsweise und auf beyden schreitet man mit Leichtigkeit zu seinem Ziele fort.

Was helfen aber diese Spekulationen, wenn sie nicht ausgeübt werden. Ich habe mit einigem Widerstande sie aufgeschrieben, bloß um Ihnen, M. H., Gelegenheit zu geben, Ihr Nachdenken zu üben und selbst zu einiger Gewißheit zu gelangen. Ich kann geirrt haben. Ich will mein ganzes Leben hindurch lernen. So lange man mich nicht eines beßern belehrt, gehe ich auf diesem Wege fort und glaube, daß es besser sey, des Herrn Willen zu thun, als ihn bloß zu wissen.